Ruim pra cachorro!

Publicado simultaneamente no Canadá e no Reino Unido em 2010, sob o título *No Pets Allowed*.

Grafia atualizada segundo o Acordo Ortográfico da Língua Portuguesa de 1990, que entrou em vigor no Brasil em 2009.

Revisão
FERNANDA A. UMILE
KARINA DANZA

CIP-BRASIL. CATALOGAÇÃO NA PUBLICAÇÃO
SINDICATO NACIONAL DOS EDITORES DE LIVROS, RJ

W35r
Watts, Irene N.
Ruim pra cachorro! / Irene N. Watts ; ilustrações Kathryn E. Shoemaker ; tradução Alexandre Boide, Claudia Affonso. – 1ª ed. – São Paulo : Escarlate, 2014.

Tradução de: No pets allowed
ISBN 978-85-66357-96-7

1. Ficção infantojuvenil alemã. I. Shoemaker, Kathryn E. II. Boide, Alexandre. III. Affonso, Claudia. IV. Título.

CDD: 028.5
14-11477 CDU: 087.5

3ª reimpressão

SDS EDITORA DE LIVROS LTDA.
Rua Bandeira Paulista, 702, cj. 72D
04532-002 – São Paulo – SP – Brasil
(11) 3707-3500
www.companhiadasletras.com.br/escarlate
www.blogdaletrinhas.com.br
/brinquebook
@brinquebook

Irene N. Watts

Ruim pra cachorro!

Ilustrações de
Kathryn E. Shoemaker

Tradução de
Alexandre Boide e Claudia Affonso

Para William e Zoltan — I. N. W.

Para o meu querido Will — K. E. S.

Sumário

Capítulo 1 Nada de animais 8

Capítulo 2 "Você prometeu" 18

Capítulo 3 O cachorro imaginário 26

Capítulo 4 "Nada de aprontar pelas minhas costas" 38

Capítulo 5 Mônica 48

Capítulo 6 Uma visita do senhor Leo 60

Capítulo 7 Fogo 74

Capítulo 8 O convite 82

Capítulo 9 A invasão 94

Capítulo 10 A testemunha 104

Capítulo 11 Um novo aviso 114

Capítulo 1

Nada de animais

Na sexta-feira à tarde, Mateus Wade saiu correndo da escola. Ele esperou que o semáforo para pedestres abrisse, atravessou a rua e chegou ao prédio em que morava em quatro minutos e quinze segundos. Mateus sempre corria mais depressa quando estava feliz. Bem, ele não estava exatamente feliz, mas já estava muito melhor do que na segunda-feira, seu primeiro dia na Escola Primária Baldwyn.

Como ele conseguiria ser feliz sem Sortudo? Mateus tinha ganhado o cachorro um ano antes, em seu aniversário de sete anos. Foi um presente de seu avô, que falou:

– Esse bichinho vai precisar de alguém que cuide dele. Você acha que consegue mantê-lo limpo e alimentado, e ensiná-lo a não correr atrás das galinhas? Filhotes dão muito trabalho. Você

PROIBIDA A
ENTRADA
DE ANIMAIS

precisa treiná-lo para se tornar um bom cão de guarda!

As orelhas do garoto ficaram vermelhas. Ele abriu um sorriso tão largo que mal cabia no rosto. Tentou abraçar o cachorrinho e seu avô ao mesmo tempo, mas seus braços não eram compridos o suficiente para isso.

– Eu vou fazer tudo direitinho, você vai ver! Obrigado, vovô, foi o melhor presente de aniversário do mundo. O nome dele vai ser Sortudo, porque hoje é o meu dia de sorte.

O cachorro fazia xixi sempre no lugar errado, e Mateus precisava limpar. Também chorava à noite quando sentia saudade da mãe e quando estava escuro e quando ouvia trovoadas, mas o garoto se levantava da cama para ir acalmá-lo.

Sortudo aprendeu rápido. Ele e Mateus se tornaram inseparáveis. Aonde Mateus ia, o cãozinho ia atrás. Mas tudo isso era passado. Quando o garoto se mudou para Vancouver, ele e Sortudo se viram separados por centenas de quilômetros de distância.

PROIBIDA
A ENTRADA
NÃO
NÃO
PROIBID
A ENTR
DE ANI
PROIBID
A ENTR

Mateus estava ofegante quando chegou ao prédio. Ele olhou para o aviso pregado em cima da porta: PROIBIDA A ENTRADA DE ANIMAIS.

Todos os dias, Mateus torcia por um milagre: um dia ele olharia para cima e o aviso não estaria mais lá. Mas todos os dias era a mesma coisa: PROIBIDA A ENTRADA DE ANIMAIS. Ele tinha vontade de pegar uma escada, subir e arrancar a placa.

"Eu queria cavar um buraco bem fundo e enterrar essa placa, onde ninguém pudesse encontrá-la."

Por que eles se mudaram para Vancouver? Sua mãe disse que seria uma grande oportunidade e também um grande desafio. O melhor de tudo era o horário de trabalho dela, que permitiria que os dois passassem bastante tempo juntos. E, além disso, Vancouver era perto do mar e tinha muitas árvores! Mas para Mateus não era tão interessante assim. Como ele poderia gostar de qualquer coisa sem Sortudo por perto?

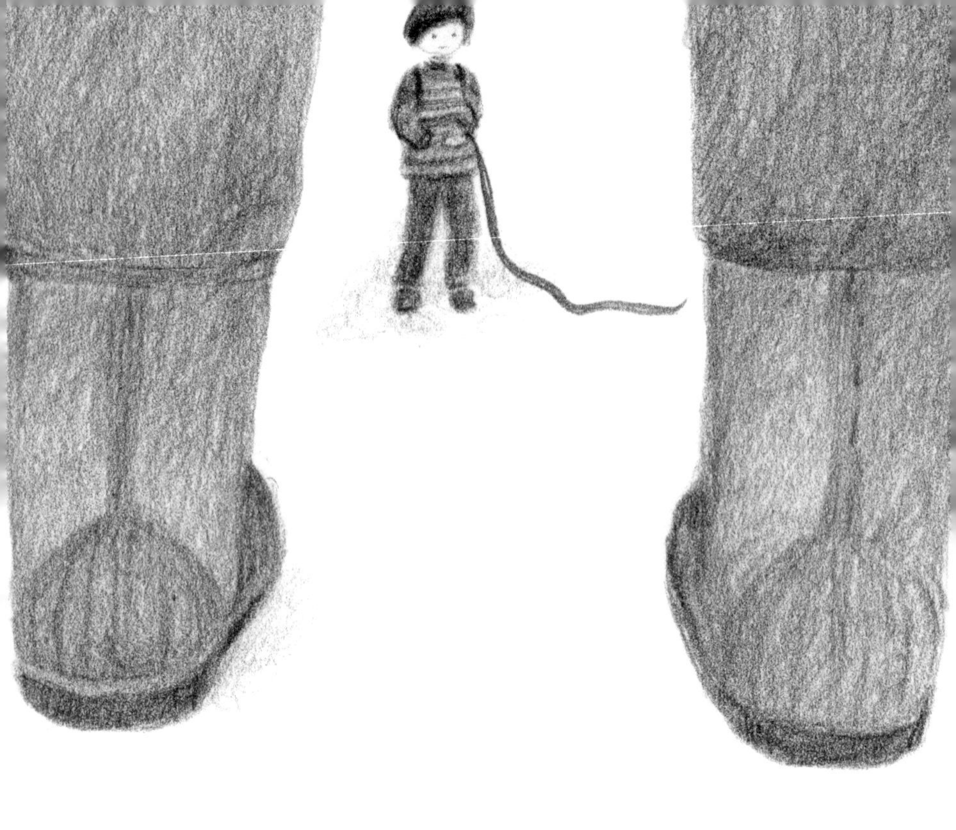

Era a sua primeira vez em uma cidade grande. O que aquele lugar tinha de tão maravilhoso? Para ele não era bem assim: o barulho do trânsito não parava nem durante a noite, as pessoas estavam sempre com pressa. E, para piorar, quando chegava em casa, Sortudo não estava à sua espera.

Mateus entrou correndo no corredor do prédio.

Uma voz de reprimenda o obrigou a parar.

– Limpe os pés antes de entrar – disse o zelador do prédio.

– Desculpe, eu esqueci!

O zelador olhou feio para ele. Estava usando uma camisa xadrez com as mangas arregaçadas, mostrando seus braços fortes e musculosos, botas de couro e calça *jeans* com um celular preso no cinto.

– Você é o menino que se mudou para o apartamento 103, não é? Meu nome é Leo. *Senhor* Leo. Sou zelador deste prédio há dez anos. Sou eu quem garante que as regras sejam cumpridas. Não se esqueça disso. Limpe os pés antes de entrar. Não corra dentro do prédio. Nada de barulho depois das dez da noite e é absolutamente PROIBIDA A ENTRADA DE ANIMAIS. Estamos conversados?

Ele ficou encarando o garoto até que ele voltasse e limpasse os pés no capacho da entrada.

– Muito bem, e que isso não se repita.

Mateus não respondeu. Naquele momento achou até bom que Sortudo tivesse ficado na fazenda. O senhor Leo parecia ser do tipo que não gostava de ninguém: nem de crianças, nem de cachorros, nem de outros adultos.

Capítulo 2

"Você prometeu"

— Mãe, você chegou cedo. Que bom, estou morrendo de fome!

Mateus tirou a mochila das costas.

— Como foi a escola hoje?

A senhora Wade colocou dois biscoitos de aveia no prato, serviu suco de laranja em um copo e foi guardar os mantimentos que havia comprado.

— Tudo bem, eu acho. Mãe, quando podemos visitar o Sortudo?

— Nós acabamos de chegar, tenha paciência. Nós precisamos economizar para poder fazer uma visita no Natal — disse a mãe.

Ela tirou o cabelo da frente dos olhos do filho. Ele foi até a mochila e tirou de lá a coleira reserva que sempre carregava consigo.

— Só no Natal? Sortudo vai sentir a nossa

falta. Ele não sabe nem por que eu não estou lá para brincar com ele ou para levá-lo para passear. Deve estar esperando por mim e deve estar se sentindo sozinho.

– O vovô vai cuidar muito bem dele – garantiu a mãe.

– Sortudo odeia dormir sozinho. Ele ainda tem medo do escuro e de trovoadas.

Mateus começou a chutar nervosamente o pé da mesa.

– Não exagere, Mateus. Sortudo é um cão de caça quase adulto. Ele não tem medo dessas coisas desde que era filhote, e você sabe disso. Ele está bem.

A mãe sorriu para ele.

– Mas eu não estou.

Ele ficou balançando a coleira de um lado para o outro, mas sua mãe a apanhou antes que atingisse a cadeira.

– Quando vamos procurar um lugar que permita a entrada de cachorros? Você prometeu – cobrou Mateus.

– Sente-se aqui e me escute. Olhe para mim. Eu disse que ia tentar encontrar um lugar onde pudéssemos ter um cachorro. E estou tentando. Você sabe disso. Não existem muitos apartamentos para alugar que aceitem cachorros. Nós precisamos morar perto da escola, para você poder ir e voltar sozinho. E também temos de morar em um lugar de fácil acesso, para que eu não precise de um carro para ir trabalhar. Neste bairro temos tudo isso, e por enquanto é o melhor que posso fazer.

Mateus percebeu que sua mãe estava perdendo a paciência.

– É, eu entendo, mas estou me sentindo muito sozinho sem o Sortudo. Não é fácil morar na cidade e ser novo na escola.

– Eu também estou com saudade dele. Mas nós não vamos ser novos na cidade para sempre. Logo vamos aprender a gostar daqui – assegurou a mãe.

– Eu não! Nada é igual ao que era antes. Eu odeio este lugar.

Ele lançou um olhar de reprovação para sua mãe.

– Você está com fome, isso sim. Esse mau humor vai melhorar depois do jantar. Você vai ver. Vamos comer, tem abacaxi e *pizza* de presunto.

A senhora Wade foi para a cozinha, e Mateus se colocou em sua posição de meditação favorita, que quase sempre o fazia se sentir melhor: plantando bananeira, quase sem tocar os pés na parede. Ele contou até cem, que era o máximo que conseguia. Em seguida, jogou-se no chão e fez o que Sortudo sempre fazia quando estava feliz:

– Au, au!

A mãe gritou:

– Pare de latir tão alto. O senhor Leo vai pensar que temos um cachorro. Não podemos

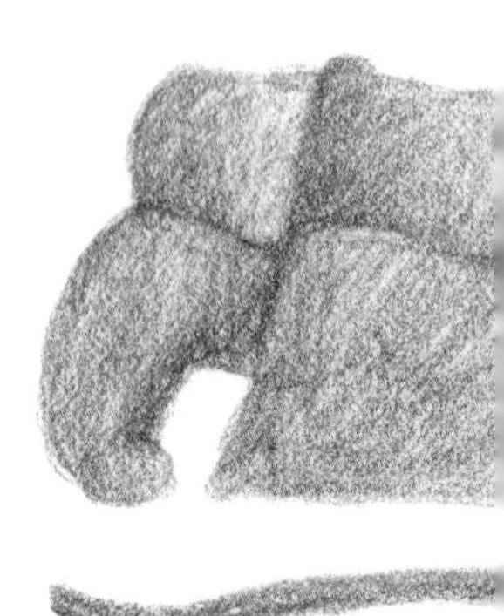

arrumar confusão. Vá lavar suas mãos para jantar. E, depois, que tal escrever uma carta para o vovô ler para o Sortudo?

Capítulo 3

O cachorro imaginário

A janela do quarto de Mateus dava para a garagem. Ele viu o senhor Leo aspirando o interior de sua caminhonete vermelha.

"Aposto que nem precisava limpar", pensou Mateus.

Ele girou sua coleira como um laço de vaqueiro e a puxou antes que batesse no vidro. Em seguida, colocou-a em torno do pescoço. Ele gostou da sensação do couro contra a pele.

"Se pelo menos o Sortudo estivesse aqui. Se pelo menos eu tivesse um cachorro, a cidade não seria tão ruim. Como posso ser um treinador de cachorros sem ter um? O que eu posso fazer, treinar um cachorro imaginário?"

Mateus começou a se despir, largando as roupas no chão. Ele arrancou a camiseta, se jogou na cama e ficou olhando uma mancha de umidade

no teto. Quando ele era pequeno, sua mãe tinha colado estrelinhas por todo o teto de seu quarto. Ele gostava de vê-las brilhar contra o fundo azul.

"Estou ficando muito velho para estrelinhas. Daqui a dez anos, já vou ter dezoito. Eu já vou ter treinado mais de cem cachorros", pensou ele.

Ele se virou para o outro lado, para poder olhar pela janela. Era legal ver o modo como o sol refletia nos outros prédios. Por um instante, no fim da tarde, parecia que a cidade estava em chamas.

"Se o prédio pegasse fogo, Sortudo não teria como saber. Ele estaria longe demais para latir e nos acordar."

Ele imaginou o cachorro ao seu lado. "O que você fez hoje enquanto eu estava na escola? Ficou caçando esquilos? Eu queria poder correr com você como fazíamos antes. Queria continuar correndo pela grama para sempre."

Nesse momento, Mateus ouviu um barulho do lado de fora. Ele se sentou e se pôs a ouvir. Em seguida correu até a janela, abriu-a e olhou para fora. O senhor Leo já tinha terminado de aspirar sua caminhonete vermelha. A garagem estava em silêncio. Ele ouviu o mesmo barulho de novo. Dessa vez pareceu que a fonte do ruído estava embaixo de sua cama.

"Será que é um gatinho, um sapo ou um camundongo? De jeito nenhum! Como algum bicho de quatro patas poderia ter entrado sem que o zelador percebesse? Mas vamos supor que sim. Minha mãe deixaria que ele morasse na nossa casa? Um camundongo seria um bom animal de estimação. Camundongos não dão trabalho. Eles quase não fazem barulho."

Mateus foi em direção à cama e deitou de barriga no chão. Ele se arrastou lá para baixo e encontrou o chinelo que tinha perdido no dia anterior. Em seguida, sentiu alguma coisa peluda roçar seus dedos.

Sua mãe entrou bem nesse momento.

– Perdeu alguma coisa? Ah, que bom, você encontrou seu chinelo. Agora volte para a cama.

Ela pegou a calça *jeans* do filho, dobrou-a e pendurou nas costas da cadeira que ficava no quarto.

– Seria melhor que você mesmo fizesse isso. Bom, onde foi que nós paramos?

A senhora Wade se sentou e abriu o livro *O jardim da meia-noite.*

– Na parte em que Tom acorda à noite e ouve o relógio badalar treze vezes, vai até a porta e vê o jardim.

Depois que sua mãe terminou de ler outro capítulo, Mateus disse:

– Um pouco antes de você vir ler para mim, ouvi um barulho estranho debaixo da cama.

Sua mãe se ajoelhou para conferir.

– Não tem nada aqui, nem mesmo uma aranha. Durma bem.

Ela deu um beijo na testa do filho, fechou a janela e saiu.

Era um barulho parecido com o que Sortudo fazia assim que chegou à fazenda, no tempo em que ainda não sabia latir direito.

Mateus imitou aquele som no fundo da garganta, uma mistura de rosnado e choramingo. Ele pegou a lanterna que guardava embaixo do travesseiro e pulou da cama para dar outra olhada. Sua mãe estava certa, não havia nada lá.

Ele subiu novamente na cama e fechou os olhos. Estava quase pegando no sono quando sentiu alguma coisa fria e úmida deslizar por seu pescoço.

– Pare com isso, Sortudo – disse ele, sem abrir os olhos. – Sortudo?

Mateus se sentou, já totalmente acordado.

– Não pode ser. Eu devo estar sonhando.

Mas alguma coisa, ou alguém, estava puxando a ponta de sua coberta. Devagarinho, ela começou a escorregar da cama. Ele a segurou com força, olhou para baixo e sentiu uma língua áspera lamber seus dedos. No entanto, não era Sortudo, e sim um cachorrinho marrom e bege, que estava fazendo de tudo para chamar sua atenção.

Mateus acariciou as orelhas macias e felpudas e o queixo do filhote.

– Você é só um filhotinho, né? Você é de verdade? Onde você estava há três minutos, no momento em que mamãe olhou embaixo da cama? Você me lembra o Fred, da minha sala do segundo ano, sabia? Seu pelo cai sobre os olhos igual ao cabelo dele. Fred é o menino mais rápido da classe. Eu só consegui vencê-lo na corrida uma vez. Aposto

que você também é rápido. Seu nome vai ser Fred, e nós vamos correr juntos. Eu vou ensinar você a latir direitinho, assim como fiz com Sortudo: au, au!

Sua mãe entrou correndo.

– Já são dez horas. Pare de latir! Você precisa dormir.

Ela puxou a coberta até o queixo do filho.

– Boa noite – disse ela antes de sair do quarto.

Mateus cochichou:

– Aqui não podemos ter animais, Fred, mas a mamãe não viu você, então o senhor Leo também não vai ver. O seu treinamento começa amanhã.

Ele aconchegou Fred embaixo da coberta e dormiu.

Capítulo 4

"Nada de aprontar pelas minhas costas"

No sábado, depois do café da manhã, Mateus tinha tarefas para fazer.

– Termine de limpar seu quarto para podermos sair para passear. Hoje vai fazer um dia bonito – disse a mãe.

– Que bom! Fred precisa correr, e eu tenho de começar a treiná-lo! – respondeu Mateus.

A mãe olhou para ele, confusa.

– Quem é Fred? – perguntou ela.

– Fred é o meu novo cachorro. Ele é imaginário, só eu consigo vê-lo. Venha aqui, amiguinho, não fique com medo. Cumprimente a minha mãe.

Ele estendeu a mão para Fred, que estava escondido embaixo da mesa.

– Mateus, desde quando você tem um cachorro imaginário? Você nunca falou dele antes.

– Ah, não? Acho que não mesmo. Eu só o

encontrei ontem à noite, depois que você terminou de ler para mim. Foi ele quem fez o barulho que ouvi debaixo da cama. Fiz um desenho dele antes do café da manhã, para colocar no meu trabalho da escola. Vou lá buscar. Fique aí, amiguinho. Bom menino!

Mateus correu até o quarto e voltou com seu caderno de atividades.

– Olhe só o jeito como desenhei os olhos e a cabeça dele. O que você acha?

– Gostei muito – respondeu a mãe. – Quando eu era pequena, um pouco mais nova que você, queria um animal de estimação. Estava desesperada para ter um gatinho, mas minha mãe disse que eu precisava esperar até ficar mais velha. Eu não conseguia pensar em outra coisa, então resolvi fingir que era uma gatinha. Quando minha mãe me perguntava alguma coisa, eu ronronava, e ela me falava para parar de ser mal-educada.

– E você ganhou seu gatinho?

– Sim, no meu aniversário de sete anos. Meu

pai disse que estava cansado de ter uma filha que não sabia se era uma menina ou uma gata.

– É bem o tipo de coisa que o vovô diria – disse Mateus. – Você acha que é por isso que ele me deu o Sortudo, porque não queria que eu fingisse ser um cachorro? Au, au!

– Por que você não escreve sobre o Sortudo no seu trabalho também? – perguntou a mãe.

– Vou escrever sobre os dois, Sortudo e Fred. Vamos, Fred, ajude-me a limpar o quarto para podermos sair.

Eles caminharam um pouco pela beira da praia. A senhora Wade se sentou em um tronco para observar Mateus jogando gravetos para Fred e sorriu ao vê-lo tentar ensinar o cachorro a ir buscá-lo.

Quando voltaram para casa, era hora do lanche. A mãe de Mateus disse que ele podia brincar lá fora por mais dez minutos enquanto ela preparava sanduíches de banana com pasta de amendoim.

O pequeno gramado na porta da frente do prédio era muito bem cuidado. Não havia nem uma folhinha fora do lugar.

– Aposto que o senhor Leo vem aqui toda noite e corta qualquer talo que ameace crescer e ficar maior que os outros – disse Mateus para Fred, aos risos.

Eles brincaram e rolaram várias e várias vezes sobre o gramado, latindo e rindo.

– O que você pensa que está fazendo, seu pequeno encrenqueiro? – gritou uma voz carregada de irritação. – Saia já daí antes que você acabe com o meu gramado!

O garoto levantou-se às pressas, tropeçando na coleira, enroscada nos seus tornozelos. Ele só queria sair logo da frente do zelador.

– O que você está fazendo com essa coleira? – questionou o senhor Leo, apontando para a placa. – Você não sabe ler? PROIBIDA A ENTRADA DE ANIMAIS! Eu não quero você escondendo um cachorro no meu prédio ou qualquer outro tipo de

animal. Nada de aprontar pelas minhas costas, ouviu bem?

– Eu não estou aprontando nada. Só estou brincando – respondeu Mateus.

Ele não estava acostumado a ser confrontado daquele jeito, por isso pegou Fred, a coleira e correu para dentro, lembrando-se de limpar os pés. Ele conseguia até sentir o olhar do zelador sobre suas costas.

– Não fique ofegante desse jeito, Fred, ele

vai ouvir. Os animais não podem entrar aqui no prédio.

Mateus espiou sobre os ombros e viu que o zelador ainda estava lá, olhando para ele.

O casal de idosos, que morava no 102, cumprimentou-o, e o coronel Banks, que lembrava seu avô, disse:

– Vejo que trouxe a coleira do seu cachorro. Você deve sentir falta dele, agora que vive na cidade.

Mateus cumprimentou os dois antes de responder:

– Sinto, sim, senhor.

Ele entrou no apartamento pensando que nem todo mundo no prédio era tão malvado quanto o senhor Leo.

Capítulo 4 •• "Nada de aprontar pelas minhas costas"

Capítulo 5

Mônica

Na tarde de quinta-feira, todos os alunos já tinham lido seus trabalhos sobre animais de estimação, menos Mateus e uma das meninas.

Como a leitura em voz alta era em ordem alfabética, a espera para ele era longa, porque seu sobrenome começava com W.

Enquanto Júlia falava sobre a limpeza da gaiola do seu *hamster*, Mateus se distraiu lembrando-se de seu sonho preferido: quando ele chega da escola e sua mãe diz a ele que tem uma ótima notícia: "Adivinhe só! Encontrei um lugar aqui perto onde permitem animais!". Em seguida, eles vão correndo até a estação rodoviária, compram as passagens e trazem Sortudo para casa.

Mateus soltou um longo suspiro de contentamento. Ele estava na parte do sonho em que

Fred e Sortudo se conheciam. Nesse momento, ele ouviu o seu nome ser chamado. Quando olhou ao redor, viu que todas as outras crianças estavam olhando para ele.

Mônica, que se sentava à sua frente, virou-se para trás, encarou-o estreitando os olhos e cochichou:

– A senhora Hart chamou seu nome duas vezes!

O garoto ficou de pé, todo vermelho, e murmurou:

– Desculpe.

Ele andou até a frente da sala e começou a ler:

Meus animais de estimação, por Mateus Wade

Eu tenho dois cachorros. O primeiro se chama Sortudo. Ele está comigo desde que tinha seis semanas de idade. Quando mudamos de Alberta, tivemos de deixá-lo na fazenda do meu avô. Sortudo é um labrador, um cachorro grande, por isso precisa de espaço para correr. Assim que pudermos,

Capítulo 5 •• Mônica

vamos trazê-lo para Vancouver para morar conosco.

Meu outro cachorro se chama Fred. Ele está comigo só faz dois dias. É um filhote de sheep dog marrom e bege. Ele ainda não sabe que é um cachorro pequeno. Pensa que é um cão de guarda e late para me avisar quando tem estranhos por perto. Ele não gosta de usar coleira, mas precisa, por causa do trânsito.

Quando saímos, ele fica todo contente, sai correndo e se enrosca no meu pé. O treinamento dele está indo bem. Ele já entende o que significa "fica", "senta" e "pega". Eu quero ser treinador de cachorros quando crescer.

Todo mundo aplaudiu quando ele mostrou o desenho de Fred.

A senhora Hart sorriu para ele e disse:

– Muito bom seu trabalho, Mateus.

Em seguida, tocou o sinal para a saída da escola.

Mônica se aproximou. Mateus sentiu que ela queria conversar com ele.

– Amanhã é a minha vez de ler – disse Mônica. – O meu trabalho é sobre peixinhos. Três dos meus peixinhos morreram na semana passada. Eu odeio quando o meu pai me chama para o café da manhã. Ele sempre grita: "Mônica, querida, venha logo ou vai se atrasar para a escola. Hoje morreu mais um peixe seu". Aí eu não consigo comer, e ele fica bravo comigo.

– Não é culpa sua se os peixes não vivem tanto quanto os cachorros – disse Mateus. – E também não dá para fazer muita coisa com um peixe, não é? Eles não podem nem sair para passear.

Mateus tentou não rir quando pensou em alguém levando um peixinho de aquário para passear.

Mônica percebeu.

– Dá para fazer um monte de coisas com um peixe. Eu treino os meus para nadar na minha direção quando vou dar comida para eles. Meu peixinho-dourado novo faz caretas para mim. Ele me conhece.

– Eu espero que ele viva por muito tempo – falou Mateus, sentindo pena dela. – Os peixes são animais muito legais para ter em casa. Eles ficam quietinhos, então ninguém pode reclamar que eles estão fazendo muito barulho. Até amanhã.

Ele pôs a mochila nas costas e saiu da sala. Mônica foi atrás dele.

– Seu cachorro está esperando por você no portão? Eu nunca o vejo em lugar nenhum.

– É porque ele fica me esperando em casa.

Mateus desejava que Mônica parasse de fazer perguntas. Ele não queria conversar sobre Fred.

– Quando eu posso vê-lo? Posso passar algum dia na sua casa?

Ele não sabia o que dizer. "Como vou explicar que eu sou a única pessoa no mundo inteiro que consegue ver o Fred?"

– É, acho que sim, algum dia. Agora eu preciso ir. Minha mãe já deve estar chegando do trabalho – falou ele.

– Meu pai diz que não existem muitos lugares por aqui onde as pessoas podem ter cachorro. É por isso que eu tenho peixes... Lá onde eu moro não pode ter cachorro.

Mônica mastigou um punhado de cabelo e completou:

– Tem certeza de que todos esses cachorros não são inventados?

Mateus a encarou, fazendo cara feia:

– Como assim, *todos esses cachorros*?

Eu disse que são dois. DOIS! Está me chamando de mentiroso?

Ele abriu a mochila, puxou a velha coleira de Sortudo e mostrou para a garota.

– Esta é a coleira do Fred, e eu vou para casa agora mesmo brincar com ele. Por que você não vai alimentar o seu peixe idiota e me deixa em paz?

– Não sei por que você ficou tão bravo. Foi só uma pergunta – disse Mônica.

Ela saiu da escola e esperou que o semáforo de pedestres abrisse para atravessar.

A casa de Mônica ficava na direção oposta a de Mateus. Ele achou isso ótimo e foi embora, correndo.

Fred estava esperando por ele atrás da porta do apartamento. Ele pulou e tentou lamber seu rosto. Mateus se abaixou e fez carinho em suas orelhas.

– Não existem muitos cachorros imaginários por aí. Você é um cachorro especial, Fred, milhões de vezes melhor que qualquer peixe, apesar de eu ser o único que consegue ver você.

Capítulo 5 •• Mônica

Capítulo 6

Uma visita do senhor Leo

— Mãe, cheguei e estou com fome! — Mateus correu para a cozinha, onde sua mãe estava guardando os mantimentos que tinha comprado. A senhora Wade preparou um copo de achocolatado para o filho e serviu queijo e biscoitos para o lanche.

— Como foi a apresentação do trabalho?

— Foi bem, eu acho — disse Mateus. — Aqui, amiguinho.

Ele ofereceu um pedaço de queijo para o Fred. Sua mãe disse para ele parar de brincar com a comida.

Alguém bateu na porta.

— É o senhor Leo, o zelador.

A senhora Wade o deixou entrar.

— Quieto aí, amiguinho — disse Mateus, colocando a mão sobre a cabeça de Fred.

– Desculpe a bagunça, senhor Leo – falou a mãe de Mateus. – Acabei de chegar do trabalho.

– Sem problemas, senhora Wade. Só precisamos conversar um pouco sobre umas coisinhas.

– Em que posso ser útil? – perguntou ela, educadamente, guardando as últimas latas e separando os sacos de papel para reciclagem.

– O seu filho tem um cachorro? Toda vez que eu o vejo, escuto um latido, e ele me olha com uma expressão de culpa, como se estivesse escondendo alguma coisa...

Mateus manteve a mão na coleira de Fred o tempo todo, esperando e ouvindo atentamente.

– O nome do meu filho é Mateus, senhor Leo – informou a senhora Wade, interrompendo o zelador.

Ele se virou para o garoto.

– Então vou direto ao assunto. Mateus, você está escondendo um animal em algum lugar por aqui?

– O senhor ou qualquer outra pessoa já viu

meu filho com um cachorro? O único cachorro que temos é este aqui.

Ela pegou a fotografia que estava numa moldura dourada no aparador da lareira e mostrou-a para o zelador.

– Este aqui é Sortudo, o nosso cachorro, com Mateus e seu avô. Ele mora a centenas de quilômetros daqui, em Alberta.

O senhor Leo caminhou até a mesa, limpou a garganta e, olhando diretamente para Mateus e Fred, falou:

– Já percebi que você vive carregando uma coleira para cima e para baixo. Acho isso muito suspeito. Você precisa me explicar por que tem uma coleira se não tem um cachorro. Quero uma resposta direta, garoto. Você está escondendo algum tipo de animal... cachorro, gato, rato, cobra, porco, iguana?

Mateus até se engasgou com o leite. "Iguana?"

– Beba isso direito! – repreendeu-o a mãe, e se virou para o senhor Leo. – O senhor deveria

acreditar na minha palavra, em vez de continuar com essas acusações. Por acaso alguém já viu ou ouviu algum sinal de um animal por aqui? Acho que o senhor nos deve um pedido de desculpas.

Ele percebeu que a mãe estava ficando furiosa.

– Eu *ainda* não estou acusando ninguém. Mateus, ontem você não brincava com um animal no gramado ali na frente?

– Sim, eu estava brincando com o Fred – respondeu Mateus.

O senhor Leo balançou a cabeça, abrindo um sorriso de satisfação.

– Foi o que eu pensei. Onde há fumaça há fogo, e onde tem latido tem cachorro. Felizmente, alguém resolveu dizer a verdade por aqui. Fred tem de ir embora e agora mesmo. Nada de exceções!

– Senhor Leo, por favor, escute. Acho que o senhor ainda não entendeu a situação. O que acontece é que Fred...

– Mãe, não! – Mateus tentou interromper

sua mãe para que ela não contasse mais nada ao senhor Leo.

– Mateus, quieto! Veja bem, senhor Leo, meu filho sente muito a falta do Sortudo, e Fred é um...

O zelador não permitiu que ela terminasse o que estava dizendo.

– Não sou eu quem faço as regras, senhora Wade. Eu só garanto o cumprimento delas e, se o morador não gostar disso... bem, a senhora sabe o que pode acontecer.

– Eu sei, nós podemos ser expulsos do prédio, mas não, o senhor ainda não entendeu. Fred é um cachorro imaginário.

O senhor Leo encarou Mateus e sua mãe, incrédulo.

– Agora já ouvi o suficiente! Bela tentativa, senhora Wade, mas não vai funcionar. Ou esse... esse Fred vai embora, ou vão vocês!

– Por favor, escute! Fred é um cachorro de mentira.

"De mentira?" O rosto do garoto ficou

vermelho como beterraba. – Ele não é de mentira – disse Mateus. – O Fred é de verdade! Eu sou o treinador dele, e ninguém vai tirá-lo de mim.

Ele saiu pisando duro até o quarto e bateu a porta com força.

– Senhor Leo, eu dou minha palavra. Não há nenhum animal de estimação aqui. Mateus é um menino solitário... ele está sendo obrigado a se adaptar a muitas coisas novas. Fred é só uma invenção da cabeça dele. Acho que essa foi a única maneira que meu filho encontrou para conseguir lidar com a perda de seu cachorro de verdade. Peço desculpas pelo comportamento dele. Sei que o senhor está apenas fazendo seu trabalho.

– Certo, vamos deixar as coisas como estão, por enquanto.

O senhor Leo não pareceu muito convencido.

– Eu já vou indo.

Depois que ele saiu, Mateus olhou pelo vão da porta.

– Ele já foi? Não fique brava comigo, mãe.

— Venha aqui.

A senhora Wade deu um abraço em Mateus.

— Eu estou brava, sim. Você foi muito mal-educado. Mas estou irritada com essas regras também e comigo mesma. Eu quero de verdade encontrar um lugar onde o Sortudo também possa morar e que caiba no nosso bolso. Só que por enquanto ainda não dá.

— Certo. Fred está me esperando para brincar. Pode deixar que eu falo para ele não latir!

Capítulo 6 •• Uma visita do senhor Leo

Capítulo 7

Fogo

Naquela noite, Mateus teve dificuldades para pegar no sono. Ele ainda estava triste. Se pelo menos pudesse fazer alguma coisa para mudar as regras sobre os animais de estimação. Ele repassava sem parar em sua cabeça o jeito maldoso como o senhor Leo tinha dito "onde há fumaça, há fogo", e a maneira como o zelador o encarou.

– Como se eu fosse um criminoso ou coisa do tipo, você ouviu, não é, Fred? – cochichou Mateus. – Isso até poderia ser verdade se eu estivesse escondendo o Sortudo embaixo da cama.

Finalmente, ele pegou no sono, ainda segurando a coleira.

De repente, ele acordou com Fred tentando chamar sua atenção, puxando a coleira de sua mão.

— Qual é o problema, amiguinho? Ainda é madrugada. Veja como está escuro lá fora. Nós não podemos sair para correr agora. Tente se acalmar, certo?

Alguns minutos depois, Mateus acordou de novo.

— Que cheiro estranho é esse?

Ele começou a tossir e engasgar, sentindo dificuldade para respirar.

— Estou sentindo o cheiro de alguma coisa queimando. Talvez seja um incêndio. Foi por isso que você me acordou? Bom garoto. Tem fumaça entrando por baixo da porta. Nós precisamos avisar a minha mãe.

Mateus pegou uma blusa, segurou sobre a boca e foi até a porta do quarto.

— Mãe, acorde, depressa! É um incêndio! Chame os bombeiros, mãe!

Mateus não conseguia respirar. Ele pegou Fred com a outra mão, tentou cobrir a boca dos dois com a blusa, segurando-o bem perto do peito. A senhora Wade correu em direção ao seu filho.

– Mateus, está tudo bem, é só um pesadelo. Eu estou aqui. Abra os olhos. Nós estamos todos bem.

Ela conduziu Mateus até uma cadeira e o fez se sentar. Ela se ajoelhou diante dele.

– Abra os olhos. Não tem incêndio nenhum. O alarme não está tocando. Eu vou abrir a porta e ver se está tudo certo.

A senhora Wade destrancou a porta. Não havia nenhum barulho. O alarme permanecia em silêncio.

– Não tem nenhum sinal de fumaça em lugar algum – informou ela, mas Mateus se recusou a ouvir.

– Mãe, o Fred me acordou. Ele é um herói. Ele sentiu cheiro de fumaça. Nós temos de sair daqui. Podemos sair pela janela. Não é muito alto – Mateus correu até a janela e tentou abri-la.

A senhora Wade segurou o filho, levou-o até a porta da frente e mostrou o corredor a ele. Estava tudo como sempre estivera. Nem mesmo um sinal de fumaça.

Eles voltaram para dentro, e ela o colocou sentado. Deu-lhe um copo d'água e fez de tudo para acalmá-lo.

– Você teve um pesadelo. Está tudo bem agora. Veja, o corredor está vazio. Os alarmes de incêndio foram testados no dia em que mudamos, você não lembra?

– Acho que foi só um sonho, mas foi tão real, mãe. Eu estava tossindo e engasgando. Mal conseguia respirar.

Ele enxugou o rosto.

– Vou fazer um chocolate quente para nós – disse a mãe.

Pouco antes de voltar para a cama, Mateus falou:

– Se tudo foi só um pesadelo, por que o Fred sentiu cheiro de fumaça também? Por que ele me acordou? Como nós tivemos o mesmo pesadelo?

– Vá dormir e pare de se preocupar. Fred é fruto da sua imaginação, por isso sonha a mesma coisa que você.

A senhora Wade saiu na ponta dos pés, deixando a porta do quarto entreaberta.

Ela não ouviu o que Mateus sussurrou antes de cair no sono.

– Obrigado por me acordar, Fred.

Capítulo 8

O convite

Na manhã seguinte, no recreio, Mônica pendurou-se no trepa-trepa ao lado de Mateus.

– Eu coloquei um convite na sua mesa. É para a minha festa de aniversário no sábado. Você quer ir? – perguntou ela.

– Claro, vou pedir para a minha mãe. Obrigado, Mônica!

O sinal tocou, e eles pularam do brinquedo, correndo de volta para a aula.

Pouco antes do almoço, um aluno apareceu na sala e cochichou alguma coisa para a professora.

– Mateus Wade, você está sendo chamado na diretoria. Vá até lá agora mesmo – disse a professora.

"Acho que não fiz nada de errado. Será que

teve mesmo um incêndio no prédio? E Sortudo veio correndo até aqui para me encontrar?"

A srta. James, secretária da escola, sorriu para ele.

– Não precisa ficar tão preocupado, Mateus. Sua mãe ligou. Ela queria avisar que vai chegar um pouco atrasada em casa, e quer ter certeza de que você está com a sua chave. E pediu também para você avisar sua vizinha, a senhora Banks, que chegou bem em casa.

Mateus bateu na chave que estava pendurada no pescoço, sob a camiseta.

– Está aqui – informou ele. – Obrigado, srta. James. Eu vou ficar bem. Meu cachorro vai estar lá para ficar comigo.

"Por que eu disse isso? Acho que é porque ela é legal e também porque é verdade. Fred sempre está lá me esperando quando chego em casa, assim como o Sortudo costumava fazer."

Quando chegou, porém, Mateus viu Fred sentado do lado de fora do prédio em vez de dentro do apartamento, onde normalmente ficava.

– Ei, Fred, você não devia estar aí. É melhor ir para dentro antes que o senhor Leo nos veja.

Ele fez um carinho nas orelhas do filhote e estava quase fechando a porta do apartamento quando ouviu uma simpática voz atrás deles pedindo para esperar.

– Boa tarde, menino, fico feliz em ver que já está em casa. A senhora Banks convidou você

para ir provar seus *cookies* de chocolate. Eles acabaram de sair do forno!

Ele se virou, assustado. “Por quanto tempo o coronel Banks estaria vigiando-os?”

– Obrigado.

Mateus jogou a mochila em um canto, mandou Fred ficar quietinho e fechou de novo a porta do apartamento.

A senhora Banks colocou um prato cheio de *cookies* sobre a mesa da cozinha, serviu chá para o marido e para ela e deu para Mateus um copo com limonada.

– É muito bom receber uma criança aqui em casa – disse ela. – Todos os nossos netos já estão crescidos e não moram mais aqui perto, por isso quase nunca nos vemos. Sirva-se à vontade.

– Como está o cachorro de vocês, Mateus? – perguntou o coronel Banks.

Mateus não sabia sobre qual cachorro responder e tossiu.

– Desculpe, um pedaço de *cookie* desceu pelo caminho errado.

Ele bebeu um gole enorme de limonada.

– Sortudo está bem, o vovô me disse, e está virando um excelente cão de guarda. Não vai demorar muito para minha mãe e eu irmos visitá-los. Este é o Sortudo – Mateus mostrou, puxando uma foto de seu cachorro que sempre levava no bolso de trás da calça e entregou-a para o coronel Banks, que por sua vez mostrou para sua esposa.

– É um cachorro muito bonito. Ele me lembra o labrador que tivemos quando nossos meninos eram pequenos. Nós pescávamos todos juntos – contou a senhora Banks, trazendo mais *cookies*. – Parece que foi ontem! E pensar que moramos neste apartamento há vinte e cinco anos! Era um apartamento novinho em folha quando nos mudamos de Saskatoon.

Mateus guardou a foto de volta no bolso.

– Obrigado pelos *cookies* e pela limonada, senhora Banks. É melhor eu voltar para casa e começar a fazer a minha lição de casa antes que a minha mãe volte! – falou ele e se levantou.

– Você é sempre bem-vindo, a qualquer hora, meu querido – disse a velha senhora.

O coronel atravessou o corredor junto com o garoto.

– Não se esqueça de esperar pela lua nova amanhã à noite. Você conhece o ritual?

Mateus sacudiu a cabeça.

– Segure uma moeda na mão e curve-se para a lua assim que ela aparecer. Feche os olhos antes de fazer um pedido e dê três giros em torno de si mesmo.

O coronel entregou para Mateus uma moeda novinha em folha.

– Muito obrigado. E o pedido vai se realizar? – perguntou ele ao coronel.

– Às vezes se realiza. Eu sempre acho que vale a pena tentar! Boa sorte!

– Você ouviu, Fred? Eu vou fazer exatamente o que ele me disse.

Mateus abriu a porta do seu apartamento e entrou.

A mãe de Mateus chegou alguns minutos depois e perguntou se ele estava com fome. Mateus contou a ela sobre os *cookies* e falou que o coronel e a senhora Banks haviam sido muito legais com ele.

– E a Mônica me convidou para a festa de

aniversário dela no sábado! – completou Mateus. A senhora Wade viu o endereço no convite.

– Parece divertido. O que você acha que ela gostaria de ganhar de presente?

– Um livro sobre como cuidar de peixes. Os peixes dela morrem muito rápido!

– Boa ideia, nós podemos comprar na sexta-feira, depois da aula. Eu vou ligar para a mãe da Mônica e confirmar sua presença. Por que você não a convida para vir aqui em casa para brincar com você depois da escola na próxima semana? Nós podemos levá-la para casa depois do jantar. Ela mora aqui perto.

– Tudo bem, vou convidá-la.

"Eu tenho de inventar alguma desculpa sobre o Fred, para ela não descobrir que ele não é real. Ela é minha amiga, entende. Ou será que ela vai me acusar de contar mentiras?"

Capítulo 8 •• O convite

Capítulo 9

A invasão

– Você se divertiu? – perguntou a senhora Wade a Mateus ao buscá-lo na festa de aniversário da Mônica no sábado.

– Foi legal, nós decoramos nossos próprios *cupcakes*. Eles tinham formato de peixe, mas a Mônica não comeu os dela. Disse que parecia que estava comendo seu próprio peixinho. Ela é bem estranha às vezes.

Mateus ficou pensando o dia todo sobre o que o coronel Banks contou sobre fazer um desejo na lua nova. Ele ficou de pé na janela do quarto, esperando anoitecer.

– Vou fazer o meu grande pedido daqui a pouco, Fred – disse ele. – Você mora na minha cabeça, então sabe o que estou pensando e qual vai ser o meu pedido. Não me leve a mal, está bem? – ele deu um tapinha carinhoso em Fred. – Você sempre vai ser meu amigo e nós vamos nos divertir bastante juntos, mas Sortudo foi meu primeiro cachorro, e a minha vida não é a mesma coisa sem ele.

Mateus apontou para o céu, com a moeda a postos em sua mão.

– Olhe lá a lua aparecendo em cima do prédio do outro lado da garagem. Vamos lá...

Ele se curvou, deu três giros com os olhos fechados e fez seu pedido. Quando os abriu de novo, viu alguém ou algo se mexendo, agachado do outro lado da garagem.

– Sentado, Fred. Quietinho aí. Tem alguém lá fora, tentando parecer uma sombra. Ele está andando encostado na parede, se escondendo da luz da lua. Ele está olhando dentro das janelas de todos os carros. Fique abaixado!

Mateus se agachou ao lado de Fred, torcendo para que quem estivesse ali não pudesse vê-lo.

– Ele está vindo para cá. Está bem ao lado

da caminhonete vermelha do senhor Leo. O homem está segurando um tijolo na mão. Não!

O vidro sendo quebrado parecia com o barulho de trovão.

– Ele estourou a janela. Está enfiando o braço lá dentro para abrir a porta. Vá pegá-lo, Fred! Corra, não o deixe escapar! – gritou Mateus o mais alto que podia, antes de se debruçar para fora da janela e soltar um latido bem forte. – Isso vai dar um susto nele!

As luzes se acenderam em todas as janelas. O zelador apareceu correndo, falando ao celular. O invasor correu para os fundos da garagem e desapareceu no beco. Logo em seguida, surgiram as luzes e as sirenes da polícia, e muitos moradores saíram de suas casas, vestindo pijamas.

Mateus viu o coronel Banks conversando com alguns vizinhos, agitando sua bengala. Ele notou que o garoto estava observando da janela e o cumprimentou. Mateus o cumprimentou de volta, pulando e sacudindo os braços de alegria.

– Aposto que o senhor Leo chamou a polícia. Talvez alguns moradores também tenham chamado. Fomos nós, Fred... nós assustamos o ladrão e avisamos todo mundo. Au, au!

– Mateus Wade! Pare com esse barulho! – sua mãe entrou às pressas no quarto, fechou a janela e puxou as cortinas. – O que deu em você?

– Mãe, eu e o Fred espantamos o ladrão! Fred foi muito corajoso. Você precisava ver. Não fique brava. Venha aqui, Fred. Bom menino. Você é um herói.

– Eu não quero ouvir mais uma palavra sobre o Fred. Essa brincadeira já foi longe demais. Você quer que nos expulsem do prédio? – repreendeu-o a senhora Wade.

– Mas mãe, isso não é brincadeira. Ele é de verdade...

– Vou falar pela última vez, e você vai me escutar. Fred não existe. É uma invenção. Tudo bem inventá-lo, desde que você se lembre disso e não perturbe os vizinhos. Se você ficar fazendo

essas coisas, como vou explicar que está brincando com um cachorro imaginário?

– Mãe, você não está entendendo. Fred e eu vimos tudo. Tinha mesmo um ladrão lá fora. Eu lati bem alto e o assustei.

– Eu não sei mais o que fazer, Mateus. Você não me ouve. Vamos conversar sobre isso de manhã. Estão batendo na porta. Deve ser o senhor Leo, e desta vez ele tem razão.

Ela saiu do quarto para conversar com o zelador.

– Ela ficou brava mesmo, Fred – cochichou Mateus. – Não se preocupe. Eu estou dizendo a verdade, e o senhor Leo sabe disso. A minha mãe precisa acreditar em nós. Tinha um ladrão lá fora. Ele quebrou a janela da caminhonete, e nós vimos. Não foi um sonho e não é uma invenção.

Capítulo 10

A testemunha

Mateus ouviu sua mãe abrir a porta e pedir para o visitante entrar. Não era o senhor Leo.

– Boa noite, senhora Wade. Sou o policial Mike Williams. O senhor Leo, o zelador, ligou para a polícia. Não quero tomar muito o seu tempo.

– Por favor, sente-se, policial. Acho que foi tudo um terrível mal-entendido. Sinto muito por você ter sido chamado. Foi meu filho que fez todo esse barulho. Eu conversei com ele sobre isso e garanto que não vai acontecer de novo.

Mateus vestiu seu *jeans*, foi descalço para a sala de visitas e se sentou ao lado da mãe.

– Este é meu filho Mateus.

Ela lançou um olhar severo para o filho. O policial apertou a mão de Mateus.

– Prazer em conhecê-lo, Mateus. Nós fomos chamados porque você e seu cão viram o invasor.

– Policial, eu posso explicar. Veja só, é uma brincadeira do meu filho. Ele tem uma imaginação bem fértil.

O garoto agarrou a coleira, esperando que isso desse a ele a coragem de falar.

– Não, mãe, não é brincadeira. Nós vimos tudo da minha janela.

– Eu gostaria de dar uma olhada na janela de onde você observou a ocorrência, Mateus, e quero fazer algumas perguntas. Posso, senhora Wade?

Mateus e sua mãe mostraram o caminho até o quarto, e ela arrumou a coberta e os travesseiros às pressas.

O policial Williams afastou as cortinas, abriu a janela e se debruçou para fora. Ele se virou para o garoto, pegando seu bloco de anotações e seu lápis.

– A janela estava aberta ou fechada hoje à noite?

– Estava aberta – contou Mateus. – Minha mãe só veio fechar depois que eu lati.

O policial anotou em seu bloco.

– Você vai escrever tudo o que eu disser? – perguntou Mateus.

– Sim, eu vou. É o meu trabalho. Por favor, comece do início e conte todos os detalhes que conseguir lembrar.

– Eu estava sentado exatamente aqui, na janela, esperando a lua nova aparecer, conversando com o meu cachorro, o Fred...

– Fred é o seu cachorro, certo?

– Sim, senhor. Ele é imaginário, só eu consigo vê-lo. Meu cachorro de verdade, o Sortudo, é aquele da fotografia em cima da lareira. Eu disse ao Fred que estava fazendo um pedido para a lua nova, e que ele não precisava ficar com ciúmes. Ele está na minha cabeça, então sabe o que estou pensando.

– Entendi. Continue, você está indo muito bem – disse o policial.

– Quando abri os olhos depois de fazer o pedido, vi uma sombra no fundo da garagem. Eu sabia que antes não estava lá. Tenho quase certeza de que era um homem.

– O que ele estava vestindo? – perguntou o policial.

– Calças largas e escuras e uma jaqueta escura... azul-marinho ou preta, acho. O boné cobria até os olhos, então não consegui ver o rosto. Ele era grande e gordo, mais alto do que a minha mãe... quase da mesma altura que o senhor. Olhou pelas janelas de alguns carros antes de ir até a caminhonete do senhor Leo, aquela vermelha estacionada debaixo da janela.

O policial estava escrevendo, e Mateus esperou um instante antes de continuar.

– Então eu vi que ele estava com um tijolo na mão. Quando ele levantou o braço, eu gritei o mais alto que pude para o Fred: "Vá pegá-lo", e nós, hã, quer dizer, eu lati... au, au!... para o homem pensar que o Fred era um cão de guarda de verdade e que estava atrás dele. Ele acabou quebrando a janela da caminhonete mesmo assim, mas não roubou nada. O homem saiu correndo, e o senhor Leo apareceu, falando ao celular. Isso

Capítulo 10 •• A testemunha

não foi brincadeira. Eu sei que o Fred não é um cão de guarda e que ele é real apenas para mim, mas juro que falei a verdade.

O policial Williams guardou o bloco de anotações e apertou novamente a mão do garoto.

– Você foi uma excelente testemunha, Mateus. Sua descrição vai ser muito útil. Obrigado pela colaboração, senhora Wade. Vou manter o senhor Leo informado. Espero que seu desejo se realize, meu jovem. Você merece.

Assim que trancou a porta da frente, a senhora Wade abraçou o filho.

– Desculpe. Eu devia ter acreditado em você. Estou muito orgulhosa, Mateus – disse ela. – Foi muito corajoso da sua parte contar ao policial sobre o Fred. Você é um verdadeiro herói.

– Não se esqueça que o Fred é um herói também – disse ele.

– Certo, certo. Fred é um herói também – concordou a mãe.

Capítulo 10 •• A testemunha

Capítulo 11

Um novo aviso

Na manhã de segunda-feira, Mateus estava ansioso para contar a Mônica sobre o roubo, mas como poderia fazer isso sem revelar que Fred era imaginário?

Ele convidou-a para ir à sua casa na quarta--feira, para brincarem e jantarem juntos. "Eu vou contar, então. Eu preciso contar!", pensou ele.

– Quarta-feira é noite de espaguete – disse ele a Mônica.

– Eu adoro espaguete. No sábado mesmo, li o livro sobre peixes que você me deu. É bem legal! Tem umas dicas muito boas. Acho que estava dando muita comida para eles! Como estão Fred e Sortudo? Eu mal posso esperar para conhecer o Fred.

– Sortudo está bem, eu acho... – "Eu vou contar para ela agora. Se ela é minha amiga, vai

ter de entender!" – E Fred, bom... ele está como eu disser que está. Ele só existe na minha cabeça.

– Bem que eu imaginava! Eu já tive um unicórnio bebê no meu armário, que alimentava com casca de pão e alface.

A mãe de Mateus o encontrou na saída da escola.

– Eu saí do trabalho um pouco mais cedo. O proprietário do apartamento, o senhor Chow, me ligou no escritório. Ele quer nos encontrar na sala do senhor Leo às quatro horas. Disse que tem um assunto para conversar. Vamos depressa, para não deixá-lo esperando.

– Talvez ele queira dar uma medalha ao Fred! – disse Mateus.

Mas sua mãe sequer abriu um sorriso. Ela lançou um olhar preocupado em sua direção.

– Acho melhor você deixar o Fred no apartamento enquanto estivermos com o senhor Chow – sugeriu ela.

O senhor Leo e o coronel Banks já estavam à espera na sala do zelador quando Mateus e sua mãe chegaram. O senhor Chow levantou e se apresentou.

– Eu pedi que o coronel Banks estivesse presente porque ele representa os moradores e é muito respeitado por todos nós. Por favor, coronel, leia a petição que recebi esta manhã do senhor Leo.

NÓS, OS MORADORES ABAIXO-ASSINADOS, POR UNANIMIDADE, CONCORDAMOS EM SOLICITAR UM CÃO DE GUARDA EM NOSSAS DEPENDÊNCIAS. NA NOITE PASSADA FOI A TERCEIRA VEZ NOS ÚLTIMOS MESES QUE NOSSA GARAGEM FOI INVADIDA. NÃO FOSSE O CACHORRO DO APARTAMENTO 103, CERTAMENTE TERÍAMOS SOFRIDO MAIORES PREJUÍZOS.

– Isso é verdade, e eu agradeço a você e ao seu cachorro, Mateus. Mas tem um problema: um cão de guarda deve ser visível para todos, você não concorda? – perguntou o senhor Chow.

– Acho que sim, senhor Chow. Eu também tenho um cão de guarda de verdade... Ele mora na fazenda com o meu avô. Sortudo é exatamente o tipo de cachorro que você está procurando. Um labrador bem grande. Eu sinto a falta dele, e ele sente a minha. Ele daria um ótimo cão de guarda. É o que ele faz na fazenda. Eu o treinei!

– Então, se a sua mãe concordar, Sortudo pode vir morar aqui e virar o cão de guarda do prédio. Ele vai trabalhar aqui, portanto isso não significa que estamos abrindo uma exceção para a regra de que é PROIBIDA A ENTRADA DE ANIMAIS. Senhora Wade, uma redução de cinquenta dólares no seu aluguel, a começar pelo primeiro dia deste mês, seria um valor justo?

Ela olhou para o filho, que balançou a cabeça.

– Obrigada, senhor Chow – disse a senhora Wade. – Isso me parece mais do que justo. Vou pedir ao meu pai para trazer Sortudo para Vancouver neste fim de semana mesmo.

– O coronel Banks se ofereceu para levar

Sortudo para passear na garagem toda manhã e toda tarde enquanto seu filho estiver na escola. Ele disse que já teve labradores antes. À noite, Sortudo terá de dormir na garagem, debaixo da janela do seu quarto, Mateus. Você pode informar ao senhor Leo qual casinha de cachorro seria mais adequada para ele.

– Obrigado, senhor Chow, mas, por favor, sem corrente. Ele não iria gostar disso.

O senhor Leo abriu sua boca para falar. Ele não parecia nada satisfeito.

O senhor Chow o silenciou com um olhar e respondeu:

– Eu entendo... um cachorro de fazenda costuma ficar solto. Certo, sem correntes, então. Você deve estar ansioso para ir contar tudo ao seu outro cachorro, não é mesmo?

O senhor Chow apertou a mão do garoto e a de sua mãe. O coronel Banks piscou para Mateus.

“Eu vou me oferecer para fazer a reciclagem e levar o lixo dele e da senhora Banks para

CUIDADO
COM

sempre. Começando hoje, depois do jantar", decidiu Mateus.

No dia seguinte, um novo aviso foi colocado na entrada do prédio:

EM RESPOSTA AO PEDIDO DOS MORADORES,
A SEGUINTE MUDANÇA SERÁ REALIZADA A
PARTIR DO DIA 1º DE OUTUBRO:
PARA A SEGURANÇA DOS MORADORES, UM
CÃO DE GUARDA FICARÁ ALOCADO EM
CARÁTER PERMANENTE NO EDIFÍCIO.
S. CHOW, PROPRIETÁRIO
R. LEO, ZELADOR

Mateus e Fred ajudaram o senhor Leo a colocar avisos na parte da frente e na parte de trás do prédio, onde se lia: PROPRIEDADE PROTEGIDA POR CÃO DE GUARDA.

Quando voltou ao quarto, ele conversou com Fred.

– Não se preocupe, Fred, você vai ter um

aviso só seu. Eu estou escrevendo, veja: CUIDADO COM O CÃO. Vou colar na janela. E adivinhe só, Fred? Você vai continuar dormindo aqui comigo, como sempre.

Na cozinha, a senhora Wade ouviu o latido de felicidade, balançou a cabeça e pensou: "E não foi que, em vez de um, acabamos ficando com dois cachorros?".

Capítulo 11 •• Um novo aviso

A marca FSC® é a garantia de que a madeira utilizada na fabricação do papel deste livro provém de florestas que foram gerenciadas de maneira ambientalmente correta, socialmente justa e economicamente viável, além de outras fontes de origem controlada.

Esta obra foi composta em Rotis Serif e impressa em ofsete pela Gráfica Corprint sobre papel Alta Alvura da Suzano S.A. para a Editora Escarlate em fevereiro de 2025